우리집 강아지

우리집 강아지

김학찬 글 × 권신흥 그림

미메시스

차례

모든 형들은 개새끼다. 나는 동생이니까 이런 말을 할수 있다. 형을 개로 만들면 아버지도 개가 되고, 나도 개일수밖에 없지만, 할 말은 해야 한다.

억울하지만, 연역법이란 겨우 이런 것에 불과하다.

개를 비하할 의도는 없다. 나는 뽀삐를 나보다 더 사랑한다. 내 밥은 굶을지언정 뽀삐 사료는 챙겨 줬고 한 달동안 세수를 하지 않으면서도 개 샴푸는 매주 꺼냈다. 담배는 사흘만 참아도 눈물이 났지만 뽀삐가 식욕이 없어 보이면 담뱃값을 아껴 가며 간식도 샀다. 이래 봐야 뽀삐는형이 내 이름을 부르면 내가 미처 고개를 돌리기도 전에

우리집 강아지

달려갔다. 형이 머리를 한번 쓰다듬어 주는 것만으로도 뽀삐는 바닥까지 꼬리를 치며 헥헥거렸다.

형이 뽀삐와 내 이름을 헷갈리는 건 아니겠지. 그게 아니라면 형이 나를 뽀삐라고 부르는 행동을, 뽀삐가 내 이름에 반응하는 이유를 설명할 방법은 없다. 그래도, 그럴 리가.

형은 발로 부드럽게 뽀삐를 쓰다듬었다.

형과 뽀삐 둘 다, 웃고 있었다.

「형을 욕하는 건 자신의 얼굴에 똥칠을 하는 셈이다.」

뽀삐 똥을 치우면서 아버지에게 잔소리를 듣고 싶지는 않았다. 이판사판(理判事判), 동귀어진(同歸於盡)으로 얼굴에 똥칠을 하고 돌아다니면 동네 사람들이 형을 보면서도 수군거리겠지만, 형을 욕하기 위해 내 얼굴에 똥칠을 할 수는 없었으니, 아버지 잔소리가 옳을 때도 있었다.

형이 형인 이유는 동생보다 단지 먼저 태어났기 때문이다. 먼저 태어났다는 이유로 형은 모든 권리가 천부적으로 주어진 것처럼 굴었다. 아버지에게 일러 봐야 피해 의식이라고, 형과 아버지는 너를 사랑한다고 했다. 나는 아버지가 얼마나 형에 대해 아는 게 없는지 알 수 있었다.

아버지는 나에 대해서도 아무것도 몰랐다.

*

형 동생은 우연이다. 어떤 정자와 어떤 난자가 때맞춰 결합했을 뿐이다. 현명해서 먼저 태어난 것도 아니고 멍청해서 뒤늦게 나온 것도 아니다. 시간의 선택을 받아 놓고 윗사람인양 구는 것처럼 꼴사나운 일도 없다. 먼저 태어나는 것은 아버지의 민감성과 어머니의 주기의 결과일 뿐이다. 아니면 그날의 분위기나, 음식이나, 한 잔 더 마신 술이나, 한 잔 덜 마신 술 때문이다. 아버지의 불능이나 타이밍에 따라서 형은 형이 아닐 수 있고 나도 내가 아닐 수 있었다.

그러나 먼저 된 자로서 나중되고 나중된 자로서 먼저 될 자가 많으니라.

아멘. 신께서 동생들에게 보내는 위로구나. 책상에

우리집 강아지

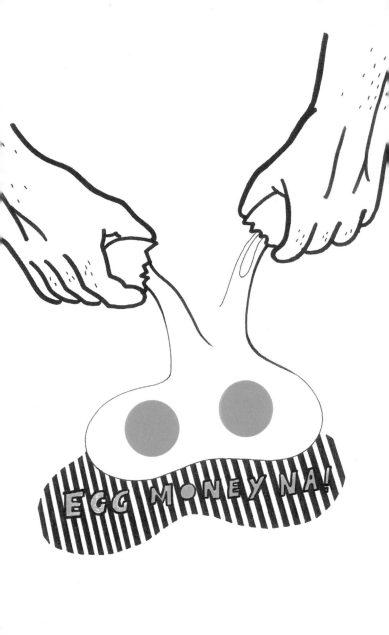

성경 말씀을 붙일 때까지는 진심으로 형을 싫어하지는 않았다. 형에게 가질 진심 따위도 없었다. 형은 형이고 나는 나다. 많은 것을 바란 것도 아니다. 그저 귀찮게 굴지만 않으면 좋았다.

제발 형이 개새끼가 되게 해주세요.

신에게 기도를 해도 소원은 이루어지지 않았다. 형이 얼굴에 똥칠을 하고 매일 동네를 뛰어다니며 오줌을 싸는 일은 없었다. 백 원 내던 헌금을 이백 원으로 올려 봤지만 마찬가지였다. 신은 장남이거나, 외동이라서 차남의 고충을 모르는 모양이다.

형은 뽀삐한테도 하지 않는 짓을 나한테 시켰다. 동물 학대나 아동 학대 둘 중 하나는 확실한 행동이었다. 지금이라도 공소 시효를 알아봐야겠지만, 아무래도 같이 법정에 서는 일은 내키지 않으니, 다른 방법을 찾는 수밖에. 아버지는 모르는 모양인지, 알면서도 크게 야단치지 않는 모양인지, 형제끼리 그럴 수도 있다고 했다. 그리고 목을 음, 가다듬고 열 손가락 깨물어 안 아픈 손가락 없다는 훈화를 시작했다. 나는 아버지의 손을 세게 물 기회만 엿봤다. 아버지는 이를 악물고 버틸 것 같았다.

무수한 생체 실험이 있었다. 형은 콘센트에 젓가락을 집어넣어 보라고 꼬셨다. 망설이는 나에게 자신을 믿으라고, 혹시라도 잘못되면 책임지겠다고 했다. 무엇을 어떻게 책임진다는 말인지 알 수 없었다. 대신 죽어 주겠다는 말은 아니니 대신 살아가겠다는 뜻일까. 책임을 진다는 말은 잘못될 줄 알고 있었다는 뜻이 아닐까.

부탁은 귀찮다고 들어주는 게 아닌데 자꾸 귀찮게 구는 게 싫어서 젓가락을 꽂았다. 어렸다. 궁금하기도 했다. 꽂기만 하면 뜨거워지는, 소리가 나오는, 힘차게 돌아가는, 그런 것들을 가능하게 하는, 콘센트 구멍은 유혹적이었다.

어깨까지 감전되어 덜덜 떨면서 형을 쳐다봤을 때, 형은 망설이고 있었다. 마치 카메라가 위에서 내려다보는 것처럼 그 광경이 보였다. 시야가 또 바뀌었다. 형의 눈으로 나를 내려다볼 수 있었다. 벽에 달라붙은 내 얼굴은 비둘기처럼 푸드득거리고 있었다.

비굴해 보였다.

「역시.」

형은 발로 차주려다가, 허공에서 천천히 발을 멈췄다. 그리고 두꺼비집으로 걸어갔다. 두꺼비집 앞에서도 형은 망설이는 것 같았다. 형은 하는 수 없다는 듯 차단기를 내렸다. 아직까지 이유 없이 어깨가 뻐근한 날이면 군대 탓 대신, 고개를 끄덕이며 나를 바라보던 형의 얼굴과 떨던 내 얼굴이 겹쳐서 떠오른다. 아직까지 감전의 후유증이 있는 모양이다.

「형만 한 아우 없다.」

이 속담은 먼저 태어난 형들이 만들어서 동생들에게 세뇌시킨 게 분명하다. 좋아하는 속담은 없어도 듣기 싫은 속담은 많다. 무릇 속담이란, 겨우 한 문장에 세상의 통찰을 집약시킨 것처럼 위장하고, 오랜 시간의 지혜인 것처럼 포장한 뒤, 편의에 따라 사람들을 후려갈기려고 존재하는 것이다. 형만 한 아우 없다는 속담은 언제 들어도 어깨에서부터 발바닥으로 기운이 빨리는 느낌이다. 사람들은 형제와 관련된 속담이라면 이것 외에는 쉽게 떠올리질 못한다. 속담은 형들의 것이다. 동생에게 유리한 속담은 형들의 손에 말살되었다.

　형만 한 아우 없다는 말을 들을 때마다 반드시 형보다 오래 살아남아 되갚아 주겠다고 다짐했다. 조금이라도 오래 사는 쪽이 이기는 법이다. 오는 순서는 조정할 수 없어도 가는 순서를 바꿀 수는 있다. 교사들은 형으로만 태어났는지 학교에서도 형만 한 아우 없다는 말은 자주 들었다. 초등학생 때부터 형은 금이 간 유리창 같은 인간이었다. 얼굴에 금이라도 있는지 교사들은 쉽게 그런 학생들을 알아봤다. 형을 아는 교사들은 나를 보면서 고개를 갸웃거렸다. 똑같이 생겼는데 어딘가 다르다고 했다. 칭찬처럼 들리지 않았다. 나는 형과 달리 누구를 놀라게 하는 법도 없고, 관심을 끌지도 않으며, 적당한 관계를 적절하게 맺기만 했다. 나는 깨지지 않으려고 애쓰는 유리창이었다. 제발 형이 나를 깨뜨리지 않기만을 기도했다.

　아버지는 형을 대견해했다. 크게 될 녀석이라고, 애가 애 같지 않다며 자랑했다. 십오 년 전에 마지막으로 본, 이제는 얼굴도 잘 기억나지 않는 작은삼촌은 애는 애 같아야 하는 거 아닌가 하고 중얼거렸다가, 어색하게 웃으며 아버지의 눈길 아래로 고개를 끄덕였다. 어느 순간부터 아버지는 형에게 간섭하지 않았다. 전부 믿는다고 했지만, 어쩐지, 어차피 어쩔 수 없다는 체념같이 보이기도 했다. 물론 나는 아무것도 모르는 아버지의 안목을 믿지 않았고 형은 아버지가 그러거나 말거나 신경도 쓰지 않았다.

　나는 형에 대해서 당연히 잘 알았다. 결정적인 사건은 파브르 덕분에 일어났다. 곤충에 몰두하던 형은 에프킬라의 효과에 감동했다. 파브르가 그러라고 곤충기를 썼을 리는 없을 것 같은데 형은 파브르 악령에 빙의된 모양인지 집에 나오는 모든 곤충과 다족류에게 집착적으로 에프킬라를 실험했다. 형을 보며 관심과 애정은 다르다는 것을 배웠다. 형은 놀이터에 나가다가도 다시 돌아와 에프킬라를 챙겼다. 용돈을 죄다 에프킬라를 사는 데 썼다. 없으면 훔쳐 왔다. 라이터를 켜서 에프킬라를 화염 방사기로도 썼다. 에프킬라에 축축하게 젖어 오그라드는 거미를, 불타오르며 뛰어다니는 귀뚜라미를 보며 즐거워했다. 다족류들에게 소문이 났다. 마침내 나 말고는 대낮에 형 주변에 어슬렁거리는 생물이라고는 없었다.

아버지가 술김에 뽀뼤를 사오기 며칠 전이었다.

「앗, 모기다.」

형은 재빨리 내 입에 에프킬라를 살포했다. 형이 삼십 분 전부터 에프킬라 통을 쥐고 주변을 맴도는 것을 보고도 피하지 못했다. 기껏해야 머리통에 뿌릴 줄 알았고, 에프킬라와 입을 연결시키지 못했고, 느끼하고 맵고 쓴 에프킬라 맛을 참고 화장실로 뛰어야 했다. 등 뒤에서 충분히 에프킬라를 뿌리지 못해 안타까워하는 마음의 소리가 들렸다. 감전 사고 이후 불규칙하게 잠깐잠깐 형의 마음을 읽을 수 있었으니까, 모함이나 착각은 아니다. 형이 모기라고 외치기 전, 앗모기다앗모기다앗모기다 하는 어색한 목소리를 머릿속으로 스무 번도 넘게 들었다. 생생하게 들었다. 듣고도 알지 못한 죄, 상상력이 부족한 죄를 화장실에서 치렀다. 구역질을 하면서도 형의 시선을 느낄 수 있었다.

모기가 살아 있을 수가 없던 새해의 눈 오는 날 오후, 화장실에서 에프킬라 냄새가 나는 똥을 누면서 입술을 물었다.

새해 결심을 했다. 철저하게 거리를 뒀다. 형은 하루

아침에 노예 해방 선언을 들은 남부 백인 같은 얼굴이었다. 어이가 없다는 표정과 장난치냐는 비웃음이 반반이었다. 자유를 값싸게 파는 곳은 없었고, 아버지는 어떻게 해야 할지 모르는 흑인 집사같이, 조용히 잠자코 있었다. 차라리 한 번 더 콘센트에 젓가락을 집어넣고 에프킬라를 통째 마시며 버틸지언정, 형과 나는 남남이라고, 방 안에 테이프로 선을 그어 놓고 남북 전쟁을 치렀다. 형은 딱 사십 일을 온갖 방법을 동원하더니 씩 웃었다. 항명과 거역이란 정당하게 요구하는 쪽에서도 피가 마르는 일이었다. 형의 인내심이 하루만큼만 더 길었다면, 뽀삐가 마침 우리 집에 오지 않았다면, 나는 형에게 잡아먹히고 없을 것이다.

「알았어. 기다리지 뭐.」

뭘 기다리겠다는 말인지는 모르겠지만 역시 같은 인간으로 취급해 줄 생각은 없었던 모양이다. 형은 이후로는 동생이라고는 처음부터 없는 양 굴었다.

그리고 이제야 형이 돌아왔다.

＊

나는 형이 돌아오기 열흘 전 집에서 쫓겨났다.

퇴근한 아버지는 자신의 퇴직을 걱정했다. 퇴직이라도 걱정하는 아버지가 부러웠다. 취직을 해야 퇴직을 할수 있었다. 어느 쪽이 불행한지 고민하고 싶지는 않았다. 서로 불행을 나열하며 은근히 주고받는 위로는 달갑잖았고 그냥 내가 행복한 편이 나았다.

취직과 퇴직을 상상하며 원서만 쓰다 보니 깨달은 바가 있었다.

다른 길도 많다.

취직은 답이 아닐 수도 있다.

아버지를 위로할 겸, 준비한 브리핑을 시작했다. 대학에 다니면서 배운 것이라고는 없는 것을 없어 보이지 않게 만드는 것밖에 없었다.

「일본에서는 생산 가능 연령 인구가 줄어들어 구인난이 심각합니다. 우리는 대체로 일본을 뒤따라갑니다. 각종 연구소에서도 앞으로는 일할 사람이 부족할 거라는 전망을 내놓고 있습니다.」

우리집 강아지

「신문에서 봤다. 그래서?」

「때를 기다릴 줄 아는 것도 군자가 아니겠습니까?」

열흘 동안 피시방에서 살아 보니 확실히 행복하지 않았다. 아르바이트생은 등산 스틱을 들고 〈장한 우리 군자 여기 있냐!〉라고 외치는 아버지에게 군자가 누구냐고 되물었다. 아버지는 퇴근길에 호시탐탐 주변 피시방을 탐문하고 다녔는데, 잠깐 화장실에 다녀오지 않았다면 형보다 오래 살려고 했던 계획이 틀어질 뻔했다.

삼시 세끼 라면을 먹었다. 라면만 먹으니까 변비가 생기거나 설사가 났다. 변비와 설사를 반복하는데도 뱃살이 두툼해졌다. 차라리 참치로 태어났으면 좋았을 걸.

아침은 국물이 있는 신라면, 점심은 짜장면을 먹는 아르바이트생이 부러워서 짜파게티, 저녁은 배를 채우기 위해 통통한 너구리. 어디서 너구리 한 마리 몰고 가면 농심에 입사할 수 있으려나. 모니터 화면에 다크서클 선명한 너구리가 비쳤다. 뱃살 때문에 너구리보다 판다처럼 보이기도 했다. 너구리라고 우겨 보려고 해도 먼저 서류 심사에 붙어야 했다. 닥치는 대로 원서를 쓰다 보니 어디에 지

원했는지 기억도 나지 않았다. 판다가 너구리보다 몸값이 비싸지 않을까, 일본보다는 중국으로 가봐야 하나, 사칭하다 들키면 사형이라는데, 나는 오래 살아야 하는데.

평소에도 아버지가 늦게 돌아오는 날은 술 취한 날이었고, 야근이 있는 날이었고, 야근이 있으면서 술 취한 날이었다. 열 시가 넘으면 나는 동네 피시방에서 잘 준비를 하고 집을 나갔다. 믹스 커피를 입에 달고 자기소개서를 썼다. 〈언제나 사랑과 격려를 아끼지 않는 따뜻한 아버지는 저에게 항상 정직한 사람이 되라고…….〉 형 이야기는 한 줄도 쓰지 않았다.

절치부심, 어떤 회사에도 낼 수 있는 자기소개서 백오십 장을 썼다. 열흘 만에 몸무게가 사 킬로 늘었다. 이백 장을 채우려고 했지만 뽀삐 생각이 났다. 밥은 잘 먹고 있는지. 야근에 시달리는 아버지가 산책까지 시켜 주기는 힘들 텐데. 뽀삐 걱정에 어쩔 수 없이 피시방에서 조용히 하산했다.

형이 내 침대에 누워 있었다. 양말 한쪽만 신고. 팬티 속에 손을 넣고.

「잘 지냈어?」

환청인 줄 알았다. 취직을 못하다 보니까 환청까지 들렸다. 괜찮아, 이 정도는 예상한 거니까, 예상한 만큼은 견딜 수 있어. 환상이 보이는 건 아니잖아. 그런데 괜찮다는 말조차 환청은 아니겠지?

환상이 아니었다.

뽀삐는 배를 뒤집고 헥헥거리며 웃고 있었다.

「야, 형 안 반가워?」

까딱까딱, 마치 발가락이 떠드는 것 같았다. 형이 엄지발가락이라면, 가능한 얼굴 보지 않고 살게, 새끼발가락이고 싶었다. 하지만 나는 어쩔 수 없이 엄지발가락 옆에 놓인 검지발가락으로 태어났다.

비비적, 비비적.

폴, 폴.

먼지가 내려앉는 소리가 들렸다.

「잘 살았어?」

형은 모처럼 봐도 전혀 반갑지 않았다. 반갑지 않았지

만 반가운 척해 주는 편이 나았다. 똑같은 유전자끼리 이렇게 비굴해도 되나 싶었지만 형과 엮이느니 적당히 들어 주고 마는 편이 나았다. 형은 만족한 듯 이번에는 오른발로 왼발 양말을 벗겨 냈다. 이번에는 왼쪽 발가락을 계속 까딱거리고, 비벼 댔다. 침대 시트에 발가락 사이에서 떨어진 까맣고 둥근 양말 먼지가 수북했다. 산소계 표백제를 수북하게 넣고 시트를 삶아 버려야지.

돈을 벌면 시트부터 바꿔야겠다.

형이 집을 나간 이유는 궁금하지 않았다. 다시 돌아온 이유도 궁금하지 않았다.

걱정은 들었다. 이제 집을 안 나가면 어쩌지? 언제 내 침대에서 일어날 거지?

형은 예상하지 못한 일을 예상할 수 없는 방식으로 태연하게 행동할 줄 알았다. 그런 일을 하면서 생기는 피곤은 느끼지 않는 모양이었다. 따지고 보면 이상하기만 할 뿐이지 특별할 것은 없는 행동이었지만, 이상한 것과 특별한 것은 겉보기에 비슷했고, 아버지를 제외하면, 대부분의 사람들은 그런 형을 상대할 때 생기는 손해를 감당할 생각이 없었다. 똥이 더러워서 피하지 무서워서 피하냐는 속담은 형을 두고는 쓸모가 있었다.

「논다며?」

「피곤해 보인다, 좀 자. 다음에 봐도 되겠지?」

「앉아, 거기.」

「뽀삐 산책시켜야 하는데.」

「아까 내가 했어.」

형은 발가락에서 더 이상 아무것도 떨어질 게 없자 허리를 일으켰다. 형의 얼굴이 갑자기 내 얼굴에 훅, 다가왔다. 나도 모르게 허리를 뒤로 뺐다.

어떻게 이렇게 닮을 수가 있을까.

유전이란 아무래도 달가울 수가 없다.

아버지는 형을 따라가거나, 다시 피시방에 가서 살거나, 둘 중 하나를 선택하라고 했다. 그래도 형이 있어서 다행이라고, 너는 참 든든하겠다고, 동생은 이래서 좋다고 했다.

「돈 벌러 가자.」

형은 중학생 때 인근 초·중·고·대학교 졸업식과 입

　　　　　　　　　　　　　우리집 강아지

학식이 되면 꽃을 떼다 팔았다. 학교를 빼먹어 가면서까지 꽃을 팔았는데, 꽃을 싸게 떼는 일까지는 어렵지 않았지만 사나흘 전부터 자리다툼을 벌여 가면서 장사를 하는 것은 아무나 할 수 없었다. 계획보다 당연히 실행이 어려운 것 같지만 실행보다 계획이 더 쉽지 않았다. 형은 누군가를 꼬드겨서 꽃을 팔기도 했다. 군고구마도 팔았고, 붕어빵도 팔았고, 어디서 다코야키 틀을 구해 오기도 했다. 직접 종이봉투에 군고구마와 붕어빵을 담는 일은 처음 몇 번만 하고 점퍼를 껴입은 친구들에게 넘겼다.

「꽃 팔게?」

「따라와.」

뽀삐가 현관까지 따라 나왔다.

깨갱, 깽깽. 뽀삐는 분명 슬퍼 보였다.

＊

슬프게도 형은 군대를 안 갔다.

형에게도 신체 검사 통지서는 날아왔다. 아무리 기다려도 입영 통지서는 끝내 오지 않았다. 차라리 아버지의 재입대 통지서가 날아오는 쪽이 빠를 것 같았는데, 아버지는 민방위 훈련까지 오래전에 끝냈다.

아버지의 재입대도 나쁘진 않았지만 그런 일은 없었다. 기피와 비리는 아무에게나 만만한 것이 아니라서 군대를 두 번 가는 일은 아버지 따위에게는 일어나지도 않았다. 아버지는 형이 왜 면제인지 끝내 물어보지 않았다. 아버지가 물어보지 않는 것을 내가 물어본다고 형이 대답해 줄 리 없었다.

상병 때, 형사들이 우리 내무반에 찾아와서 형을 병역 기피자로 잡아가는 꿈을 꿨다. 그런데 꿈속에서 영창에 들어간 것은 나였다. 아무리 항변해도 병역 기피자는 나고, 형은 이미 복무 중이라고 했다. 아무리 꿈은 다 개꿈이라지만.

달콤 쌉싸름한 꿈도 그게 전부였다. 후임들은 잠든 내가 웃고 우는 모습이 신기했고, 무엇보다 웃을 줄 안다는 사실에 충격을 받았다. 나는 꿈이 아쉽고 찝찝해서 후임들을 모아다가 두들겼다. 일주일 정도 패니까 기분이 나아졌다. 형은 내가 전역하고 나서 한참이 지나도 잡혀가지 않았다. 혹시 병무청에서 누락했나 싶어서 슬그머니 신고도 해봤지만 소용이 없었다.

꿈은 꿈이었다.

세상 모든 것을 참을 수 있어도 형이 군대를 가지 않는 것만은 견디기 어려웠다. 다른 문제는 몰라도 군대만큼은 공평하게 억울해야만 납득할 수 있었다. 빈부 격차와 남북 분단까지는 납득할 수 있어도 형의 면제만은 용납하기 어려웠다.

나의 용납 따위는 아무 상관도 없었다. 주기적으로 병무청에 민원과 항의 편지를 반복해 보내도 달라지지 않았다.

「귀찮다.」

분명히 익명으로 신고했는데, 어느 날 피곤해 보이는 형이 들어와 딱 한마디를 남기고 열두 시간을 자다가 나갔다. 들킨 김에 병무청 앞에서 재수사를 촉구하는 일인 시위를 할까. 지나가다 본 일인 시위는 하나같이 외롭고 힘들어 보였다. 외롭고 힘든 일은 하고 싶지 않았다. 귀찮기도 했다.

형은 잠깐씩 집에 들어오는 것 외에는 중국을 오가며 보따리 장사를, 동남아에서는 관광 가이드를 했다고 한다. 보따리 장사와 관광 가이드는 위장이고 본업은 마약 밀매라는 소문이 돌았다. 아무도 마약 중독자가 된 일이 없는데도 동네 사람들은 멀리서라도 형을 보면 귓속말을 했다. 형이 나에게 마약을 권한 적은 없고, 나는 마약을 살 돈이 없고, 설마 아무리 마약 중독자라도 동생과 가족에게 마약을 권할 리는 없겠지라는 생각과, 그걸 구분할 줄 모르니까 마약에 중독되는 것일지도 모르지라는 고민과, 형이 주는 건 아무것도 안 먹어야지라는 다짐 사이에, 다른 소문이 들렸다. 막상 필리핀에서 형을 만나 보니 성실하게 가이드를 하고 있더라고 했다. 지나치게 성실해 보여서 믿음이 가지 않았다는 말도 뒤따랐고, 다른 사람과 착각했을 거라는 말에 동네 사람들은 고개를 끄덕였다. 아니다. 마약 중독자와 달리 마약 중개상은 믿음직하고, 성실해야 한다. 부지런히 마약을 팔아야 하니까. 내 반박 덕분에 형에 대한 혐의는 사라지지 않았다.

　　소문은 당연히 믿을 수 없다. 소문이라고 다 허황된

것은 아니지만 나는 형에 대한 소문을 구분할 수 없었다. 내가 아는 한 형은 꽃 장사를 했다. 내가 들은 바로는 형은 친구들과 붕어빵을 판 적이 있다. 재미 삼아 한 일인지 어떤지는 모르겠다. 형은 자신에게 유리한 것은 지나치게 과장했고, 불리한 것은 철저하게 웃어넘기거나 침묵했다. 소문의 진위는 아무도 몰랐다. 진위를 따질 만큼의 관심도 없었다.

내가 모르는데 아무것도 모르는 아버지가 알 리도 없었다.

나는 형이 만든 회사에 취직했다.

＊

F는 어디에도 없습니다.

회사 이름은 에프킬라였다. 유치하다고 웃는데 갑자기 에프킬라 맛이 나는 것 같았다. 글쓰기 컨설팅 회사라고 광고했지만 사실 대행 회사였다. 왜 하는 일과 이름이 다르냐고 묻자 형은 이름처럼 사는 사람이 어디 있냐고,

삼성은 왜 삼성이고 현대는 왜 현대냐고, 이 정도면 정직한 거라고 했다.

「야, 아버지가 걱정하더라.」

「전화도 해?」

「내 회사에서 쫓겨나면 갈아 마시겠다고 하던데.」

아버지는 건강하지 않으면 퇴직당한다고 믿었고, 야근에서 건강을 지키기 위해서 녹즙기를 샀고, 사놓고 네다섯 번 정도 당근만 갈아 대다가 어디 있는지도 모를 녹즙기였으니, 그런 곳에 들어가기는 억울했다. 녹즙기는 짜봐야 별것 나올 것 같지도 않은 것들만 꾹꾹 짰다. 녹즙기와 무관하게 내 배는 갈수록 푹신해지는 것만 같았다. 형은 살 좀 빼라며 손가락으로 정확하게 배꼽을 찔렀다. 배위에 떨어진 담뱃재가 바닥으로 날렸다. 형의 배도 찔러주고 싶었지만 너무나도 하얀 와이셔츠 때문에, 와이셔츠 속으로 비치는 빨래판 같은 근육 때문에 손이 움츠러들었다. 모르는 사람이 보면 우리 두 사람이 형제같이 보일 수가 없었다. 형은 탄탄했고, 나는 살쪘다.

이게 다 라면 때문이었다.

이제 라면은 그만 먹고 싶었다. 아무리 오동통해도 너구리는 너구리였다. 너구리를 자꾸 먹다간 너구리가 될 것만 같았다. 무엇보다 지겨웠다. 라면을 떠나기 위해서는 형의 손을 잠깐 잡아야 했다.

「형제 좋다는 게 뭐겠어? 맡은 일만 잘 쳐내. 나머진 알아서 하고.」

맡은 일을 잘하고도 알아서 해야 할 일이 또 있다고?

형은 집까지 나를 태워 주고 잠깐 들어왔다 나갔다. 형은 애교를 부리는 뽀삐를 보며 정장 윗도리에서 지갑을 꺼내 만 원짜리를 뿌렸다. 이미 연습이라도 한 것처럼, 부채꼴로 만 원짜리를 샤르륵 뽑아서, 한번에 뿌리고 사라졌다.

뽀삐는 정신없이 돈을 입에 물어 자기 집으로 날랐다.

뽀삐는 돈을 다 물어서 자기 집에 깔고 누웠다. 간식을 들고 가도 가까이 다가갈 낌새만 보이면 잽싸게 바로 앉아서 으르렁거렸다. 그거 내 돈이야, 인마. 내 선금이라고. 개 껌을 흔들어 보고 고무공을 던져 봤지만 뽀삐는 개수작하지 말라는 얼굴로 짖었다. 하긴, 뽀삐가 돈을 물고 나갈 것도 아니고, 나간다고 해서 돈으로 뭔가를 사올 것도 아니니까, 꺼낼 기회를 노리면 되겠지.

알았어. 기다리지 뭐.

무엇이던 쓸 수 있다

표어는 사무실 문 앞에도, 각자의 컴퓨터 앞에도, 심지어 화장실 소변기 앞에도 붙어 있었다. 〈무엇이던〉에서 요도가 막히는 기분이 들었다. 더 힘차게 아랫배에 힘을 줬다. 〈던〉을 〈든〉으로 고치고 싶었다. 저번 달에는 〈막히는 순간이 뚫리는 순간이다〉가 붙어 있었다. 쓸 수 있고 뚫리기만 하면 뭐라도 괜찮았다.

「그냥 다운 받은 리포트? 그런 건 공장에서 찍어 낸 거나 마찬가지잖냐. 표절 검사를 하는 프로그램에도 걸리고. 우리 회사 리포트는 수제잖아. 고객의 신뢰로 먹고살지. 한 번 리포트를 산 고객은 반드시 다시 오게 되어 있어.」

「언제까지?」

「졸업할 때까지.」

「왜, 취업 준비도 대신 해주지 그래?」

「역시, 내 동생. 자본금만 쌓이면 새 라인을 추가하려고. 직장인들 회사 일을 대신 해주는 라인을.」

일은 금방 손에 익었다. 어떤 글이라도 만들어 낼 수 있었다. 돈만 준다면. 월급 앞에서 윤리와 이유는 모호했다. 경계를 아슬아슬하게 넘나들었다. 손에 익는다는 말은 들키지 않는다는 말과 같았다. 모든 것은 적당히 조합할 수 있었고 최고가 될 필요는 없었다. 최고가 될 이유도 없었다. 최고가 되어서도 안 되었다. 적당히, 모든 것은 적당히 들키지 않을 정도로만 하는 게 이 일의 요령이었다.

이 달의 표어가 바뀌었다. 베스트 상품평에서 뽑았다. 매달 좋은 후기를 남긴 고객에게 무료 이용권을 한 장씩 줬다.

마치 제가 쓴 줄 알았잖아요

단어를 계속 바꾸고 어순을 끊임없이 조정해라. 붕어빵 뒤집듯 단어와 문장을 계속 뒤집어라. 잘 쓴 리포트

를 조심해라. 나쁜 리포트는 잡히지 않지만 잘 쓴 리포트
는 걸린다. 좋은 것을 훔치면 모두가 다 안다. 좋은 것은 다
른 학생들도 베껴 오니까. 자신이 가져온 게 얼마나 좋은
지 알아보질 못하니까. 독특한 표현은 지우고 진부하게 채
워라.

「상위 일 퍼센트를 제외하면 다 비슷해.」

「상위 일 퍼센트는?」

「여기 상위 일 퍼센트가 오겠어?」

내가 쓴 자기소개서는 남의 자기소개서가 되었고, 남
의 자기소개서는 고등학생의 자기소개서의 원자재였다.
다른 사람의 일대기가 또 다른 사람의 이력으로 탈바꿈했
다. 여기서 조금, 저기서 조금. 조금씩 가져오면 들킬 수가
없었다. 욕심이 문제였다. 조금만 먹으면 문제될 수가 없
었다. 조금 더 마음을 작고, 적게, 적게, 작은 모양으로 품
으면 넘어갈 수 있었다.

피시방에서 먹은 라면이 헛되지 않았다.

현금으로만 받았다. 세금과 국민연금과 건강 보험료
를 내지 않으니 월급은 흠집이 없었다. 형은 돈이 들어오

는 대로 찾아서 비밀 금고에 현금을 쌓았다. 사무실에서는 하루 종일 키보드 두드리는 소리만 났다. 타닥타닥타닥타닥, 키보드 소리와 돈뭉치 소리가 같아서, 비밀 금고에 돈이 쌓이는 소리도 타닥타닥타닥타닥이었다. 겉으로는 작은 동네 도서관처럼 보이는 회사였지만 단순 조립 공장하고 다르지 않았다. 뛰는 만큼 돈이 들어온다고 믿었다.

직원들은 대부분 나 같은 사람들이었다. 출석하고 리포트 쓰고 그럭저럭 성실하게 답을 채우지만, 딱히 결점이 있는 것도 아니지만, 특별난 것도 없고, 운도 없는. 치명적인 약점은 없으면서도 자신의 약점이 무엇인지 모르는 사람들이었다. 대학을 졸업하고도 여전히 리포트를 쓰고 발표를 준비하고 있으니 누구보다 대학 교육을 잘 써먹는 셈이었다.

「이 일 문제없지?」

「누가 널 고발하겠어? 너는 어디까지나 도와주는 거야. 주제, 자료, 초고까지. 활용은 고객의 몫이지.」

대학이고 교수고 학생이고 학부모고 우리가 필요했다. 졸업장이 필요한 사람, 자식 대학 공부까지는 시키고 싶은 부모, 직장이 없어지기를 바라지 않는 교수. 필요한 것을 도와주겠다는 것뿐이었다. 애초에 돈은 돈대로 다 받으면서 대학 평가조차 신경 쓰지 않는 학교들이 더 나빴다. 아무도 학위를 인정하지 않으면서, 학위가 없으면 무시를 하고, 학위 장사라는 것을 알면서도, 어쩔 수 없이 학위를 사려는 사람은 많으니까, 이 일을 하는 사람들의 잘못은 조금 줄어드는 것 같았다. 형이 들려준 말인지 내 생각인지 헷갈렸지만, 나는 이 내용을 대학교 일학년 교양 과제로 세 번 이상 바꿔 팔았다.

초등학생에게서도 의뢰가 들어올 무렵, 다른 제안이 들어왔다.

*

형을 좋아하는 직원들은 없었다.

물론, 지구에는, 아시아에는, 한국에는 형을 좋아하는 사람이 있을 수 없다는 것도 확신할 수 있다. 아버지는 빼고.

나는 직원들과 원만하게 지냈다. 처지가 비슷했다. 나

는 언제나 적당한 사람이었다. 출근하면 점심 식사를 같이 고민했고, 같이 점심을 먹었고, 저녁 또한 같이 먹는 날이 더 많았다. 먹는 것은 크게 다르지 않았고, 모자라는 천 원을 누군가가 더 냈고, 같이 나눠 먹었다. 밥 먹을 시간도 없다면 햄버거를 사다 줬다. 시간에 쫓겨 저마다의 키보드를 두들기더라도 굶지는 않았다. 같이 밥을 입에 넣는다는 것만으로도 동지애를 충분히 느꼈다.

우리라는 말은 싫지만, 직원들은 우리가 형제라고 상상하지 못했다. 나는 그들의 상상력 부족을 그저 내가 살이 쪄서라고 믿고 싶었다.

「사장이 하는 일이 뭐가 있어요?」

한 명이 말했다. 처음에는 단순한 불만이었는데, 불만이 쌓이기 시작했고, 걷잡을 수 없는 불만이 남았다. 한 명이 말하면 두 명이 동조했다.

「순 개새끼죠.」

처음 형을 개새끼라고 부른 사람은 나에게 동의를 구하는 눈빛을 보내 왔다. 약속한 것도 아닌데 어느새 다들 형을 아지라고 불렀다. 점심 때 아지가 사무실에 왔다 갔

어요. 기분 안 좋아 보이던데. 조금 전에 아지가 공지 사항을 올렸네요. 아지가 또?

아지라고 부를수록 조금 더 분위기가 달라졌고, 모두가 동조하고 모두가 일어설 때는, 마침내, 올 수밖에 없었다.

그러니까, 만국의 프롤레타리아들이여,

단결 외에는 답이 없다.

＊

부모를 선택할 수 없듯이 형제를 선택할 수는 없다. 대신 부모를 죽일 수는 없지만 싫은 형제를 죽일 수는 있다. 카인이 일가족 살인마라는 이야기는 없다. 살인을 할 수밖에 없다면 형제를 죽여야 했다. 기록된 최초의 살해가 타인에게 한 것이 아니라 형제라는 것은 가장 죽이고 싶은 사람은 타인도, 부모도 아니라 형제라는 말이었다.

창세기의 저자는 알고 있었다.

부모는 최소한 나를 키워 주기라도 했는데. 어차피 부모가 죽고 나면 형제 간에 꼭 얼굴 보고 사는 것도 아니고,

일 년에 한 번도 안 볼 수 있고, 그러다 보면 오 년에 한 번도 안 만나고, 차라리 안 보는 게 마음 편하다 싶고, 장례를 치를 때에나 도움이 될까. 아니다. 부모의 장례식 발인이 끝나기도 전에, 이왕이면, 하는 김에, 형제의 입관까지 깔끔하게 치르고 싶을 수도 있다. 어차피 상조회에서 알아서 다 해주니까.

카인은 죄인이다. 우리는 누구나 카인의 자식이다. 최초의 살인자를 비난하면서도 죄인의 자식들은 은연중 카인을 옹호한다. 아무도 진심으로 카인을 원망하거나 미워할 수 없다. 살아남아야 되갚아 줄 수 있다. 카인이 아벨을 죽이고 싶었던 것만큼이나, 아벨도 카인을 죽이고 싶었을 것이다. 형제니까, 그럴 수밖에 없다.

카인이 아벨보다 빨랐을 뿐이다.

이제 아벨이 카인을 죽여야 했다. 새로운 성경을 만들어야 했다. 만드는 방법은 형이 보여 줬다. 성경이건 불경이건 힌두교 경전이건, 필요하면 만들 수 있었다. 적당히 섞으면. 시간과 돈만 많으면 못 만들 것도 없었다.

동생인 것도 억울한데. 아벨이 카인을 죽이고 카인이

되고, 카인은 아벨이 되는 것도 괜찮아 보였다. 새로운 아벨이 되기로 했다. 직원들과 모든 자료를 복사해서 함께 다른 회사를 차렸다. 분배 구조를 바꾸고 형의 회사 자료는 복구할 수 없도록 철저하게 삭제했다. 나는 직원들 몰래 형의 금고를 털었다. 새로운 아벨이 되기로 한 이상 마음은 가볍고 지갑은 두둑해야 했다. 형의 비밀번호는 나도 알고 있었다. 형이 비밀번호를 누르는 광경이 내려다보였다. 비밀번호는 형이 태어난 시각이었고, 형보다 늦게 태어난 게 지금까지 싫었다. 상쾌한 소리와 함께 돈다발이 보였다.

형의 연락은 보름 뒤에야 왔다.

「우리 뽀삐, 많이 컸네. 어디까지 갈 거야?」

「전화 잘못 거셨습니다.」

「이십 프로 줄게. 돌려놔.」

「야.」

「야?」

「몇 분 먼저 태어난 것 가지고 유세는.」

「그랬어? 알았어, 뽀삐. 기다려 봐.」

우리집 강아지

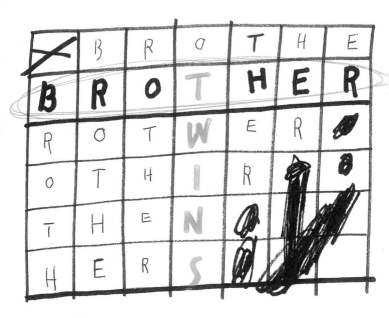

TWINS

BROTHERS
BROTHER
BROTHERS
BROTHER

형의 목소리는 사십 일을 괴롭히고 깔끔하게 손 털었던 그 겨울날과 높낮이까지 같았다. 나는 마침내, 착실하고, 성실하게, 참아 온 덕분에, 이번에도, 독립할 수 있었다. 비록 먼저 전화를 끊지는 못했지만, 할 말을 다 하지도 못했지만, 전화를 끊고 나자 다시 전기가 어깨까지 오르는 기분이었다. 배신자가 계속 배신하는 이유는 배신의 순간이 주는 쾌감에 중독되어 버렸기 때문이다. 할 수만 있다면 열 번도 백 번도 더 해보고 싶었다. 열 번도 더 해보기 위해 형이 열 번 더 무너질 수 있는 기반을 갖추기를 진심으로 바랐다.

수입산 실크 시트 위에서 데굴데굴 구르며 웃었다. 뽀삐가 나를 보고 짖었다. 책을 집어 던졌다. 뽀삐는 피했고, 나는 웃으며 책을 던졌다.

뽀삐가 맞을 때까지. 맞고, 또 맞을 때까지.

이제 내가 보여 줄게, 뽀삐.

＊

두 달은 견딜 수 있었다. 견딜 만큼의 자본은 확보하

고 시작했다. 직원들은 형이 싫어서 독립한 것이 아니었다. 처우와 업무는 명분이었고 현실은 유통 단계를 줄여 얻게 될 더 많은 월급이었다. 다들 돈 문제는 냉정하게 수지 타산을 두들겨 봤다.

이렇게 손해를 볼 리 없는데.

두 달 뒤부터 착실하게 어려워졌다. 기다리라는 형의 말처럼. 어디서 본 리포트였다. 이상했다. 얼마 전에 올렸는데? 너무 오래 보면서 베꼈나? 내가 쓴 리포트가 아닌가? 지나치게 리포트에 빠져드는 일은 조심했다. 최선을 다할 우려도 있었고 받을 돈에 비해 효율도 떨어졌다. 진지하게 리포트에 빠져들면 꺼내 줄 사람이 없었다.

나흘 전에 쓴 리포트였다. 써준 리포트를 되팔아 돈을 버는 사람들이 있었다. 대필한 리포트를 인터넷에 올린다고 어떻게 할 방법은 없었다. 되팔이야 언제나 있었지만 크게 문제가 될 정도는 아니었다. 이번에는 알뜰했다. 처음일 리가 없었다. 리포트 사이트에 최근 올라온 것들을 다시 꼼꼼하게 읽어 봤다. 기억이 났다. 두 달 전에 썼던 것. 이건, 대략 한 달 전쯤. 이건 어제 참고했던, 단 두 문장만 가져왔던 것 같은데. 나는 내가 쓴 리포트들의 조각들을 다시 따와서 짜깁기하고 있었고, 그걸 누군가에게 팔았고, 다음 날 다른 리포트를 쓰기 위해 다운 받고 있었다. 비용을 아끼려고 해체한 사무실 대신 피시방에서 짜장면을 먹고 있는데 휴대전화 화면에 〈뽀삐〉가 떴다. 양파를 춘장에 찍으면서 전화를 받을까 말까 고민했다.

「뽀삐, 형이 제일 좋아하는 영화가 뭔지 알아?」

자기가 할 말은 따로 있으면서, 궁금하지도 않은 것을 물어보는 걸 보니 꿍꿍이가 있는 모양이다. 짜장면 때문에 목이 메었다.

「내가 제일 좋아하는 영화도 모르겠는데.」

「몰라?」

「네가 좋아하는 영화를 어떻게 알아?」

「『타짜』야.」

「나야 환영이지. 오른손을 찍어 주면 되지?」

「타짜」는 좋은 영화였다. 처음으로 형과 마음이 통했다. 서로서로의 손을 사이좋게 찍어 주고 싶구나. 마지막 순간에 내 손은 쏙 빼고. 형이 낄낄거리는 소리가 잡음처

우리집 강아지

럼 들렸다. 나는 잠깐 피시방을 둘러봤다. 어디서 오함마를 든 형이 나를 보고 있는 것 같았다. 총소리, 죽어 나가는 소리가 요란했다. 형이 있는 곳은 여기보다 시끄러운 모양이었다. 코가 간질간질했다.

「난 왼손잡이잖아. 찍으려면 왼손을 찍어야지, 뽀삐.」

어렸을 때 형은 왼손잡이인 것을 자랑스럽게 여겼다. 왼손잡이는 흉이 아닌 것처럼, 자랑할 일도 아니라고 생각했는데도, 나는 오른손을 왼손처럼 쓰고 싶어서 몰래 연습했다. 오른손잡이들은 다들, 한 번쯤은 왼손잡이를 선망하니까. 글씨는 알아볼 수가 없었고 물을 먹어도 옷이 마시는 게 더 많아서 포기했다.

「오른손 잘 씻어 둬.」

형은 깔끔하게 전화를 끊고, 깔끔하게 준비가 될 때까지 연락하지 않았다. 다른 사람은 몰라도 형은 한 입으로 두말하지 않는다. 그 점만은 의심할 수가 없었다. 약속 장소를 정하는 형의 전화를 다시 받았을 때, 이제 준비가 다 되었거나, 끝났다고 생각했다.

오른손이 없으면 볼일을 보고 닦을 때 불편하다. 지금와서 형처럼 왼손잡이가 될 수는 없고 오른손을 잃을 수는 없으므로 방법은 두 가지였다. 번갈아 가며 양손으로 닦자. 어렵겠지만 노력해 보자. 아니면 갈 때까지 경쟁을 계속 하자. 누가 먼저 소주병을 들고 적당한 한강 다리에서 날아오를지 모르는 싸움이었고 물론 내가 형보다 먼저 마포대교를 찾아갈 확률이 높았다. 나는 예상보다 빨리 너덜너덜해지고 있었다. 키보드를 두들기는 손가락 지문보다 항문 주름이 먼저 닳아 없어질 것 같았다. 하루에도 대여섯 번씩 화장실에 가서 앉았다. 술을 마시면서 다음 날 한강 수온을 검색했다. 밤은 추우니까. 아침이나, 점심을 먹고 난 뒤라면, 조금이라도 따뜻하면 덜 괴롭지 않을까? 형은 싫고 손해는 보기 싫고 망하기는 더 싫고. 회사를 해체하기에는 갖고 있는 자료가 아까웠다. 제값을 받고 팔 요령은 없었다. 몇 군데와 이야기를 나눠 봤지만 하드 디스크값도 나오지 않았다.

개새끼들.

선택지는 두 개나 되지 않았다. 선택지라고 부를 수도 없었다.

형이 부른 가격을 전달했을 때, 그나마 이거라도 남아서 다행이라는 직원도 있었다. 직원들은, 전원, 슬며시 형의 제안에 동의했다. 그동안 아무 말도 하지 않았는데, 직원들은 일제히 나를 지목했다.

개새끼들이.

나는 내용 없는 위임장을 가슴에 품고 약속 장소로 나갔다.

「분형연기(分形連氣), 형우제공(兄友弟恭)이니, 음, 형제끼리, 음, 싸우는 거 아니다.」

아버지는 소주잔을 내려놓으며 마시라는 손짓을 했다. 아버지의 소주잔에는 술이 많이 남아 있었다. 나는 소주를 마시고 아버지를 보면서 잔을 머리에 털었다. 아버지는 야근 때문에 피곤하다며 중얼거리더니 남은 소주잔을 마저 비웠다. 아버지는 모처럼 술잔을 비우며 위엄 있는 부자를 원했던 것 같지만 뽀삐는 나보다도 아버지를 무시했다.

아버지에게 약간이라도 남은 위엄이 있었다면 습관적인 존중 같은 것이었다. 존경이라고는 빈말로라도 부를 수 없었다. 아버지를 좋아할 것도 싫어할 것도 없었다. 다만 아버지에게는 아직까지 가끔 화를 낼 기력이 있었고, 화를 내면 무서웠다.

「형이 개새끼란 걸 정말 모르셨어요?」

아버지는 개불을 놓쳤다. 다시 한 번 시도해도 개불은 젓가락 사이에서 몸을 튕겨 댔다. 여전히 꿈틀거리는 개불은 순순히 아버지에게 먹힐 생각이 없어 보였다. 아버지는 마침내 젓가락을 포기하고 숟가락을 들어서야 개불 조각을 입에 넣을 수 있었다. 조각난 개불이 뿜어 내는 끈끈함도 숟가락 앞에서는 소용 없었다. 처음부터 숟가락을 사용하는 편이 나았다.

「절 먼저 꺼내시지.」

「얘가 얘고 얘가 얘니까.」

「아버지, 얘는, 아니 형은, 아니라니까요.」

「봐봐야 헷갈리고.」

「정말 아니라니까요.」

FATHER

PROPPY

BROTHER

ME

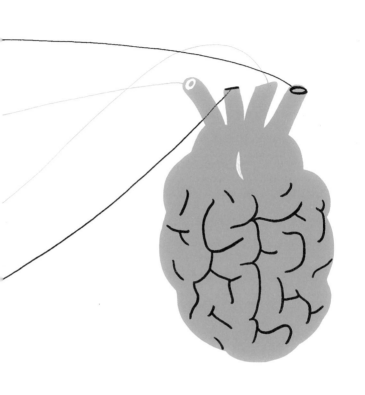

FAMILY

「다 내 아들들이니까, 강한 애가 형 하면 둘 다 잘 살 줄 알았다.」

토할 것 같았다.

아버지의 잔에 소주를 넘치게 철철 따르고 담배를 피러 밖으로 나왔다. 내가 형을 발로 차던 기억이 났다. 형이 나에게 발로 채이고 울던 광경도 보였다. 가끔씩 떠오르던 광경들은 자격지심이 만든 착각인 줄 알았다. 그렇다. 나는 형을 발로 찬 적이 없다. 아버지의 말에, 자격지심이 만든 착각들이 바로 섞여서, 취한 상태에서, 갑자기 떠오르는 것일 뿐이다.

다시 들어오니 아버지는 쌍둥이를 키울 때 힘들었던 기억을 웅얼웅얼 알아듣기 힘든 말로 풀어놓았다. 나도 술 때문에 숨이 가빴다. 쌍둥이니까, 내가 형을 찰 수도 있고 형이 나를 찰 수도 있는 것이다. 아니다. 나는 형의 마음을 읽을 수 있으니까 착각하는 것이다. 술 취한 아버지는 그래, 너희들 마음대로 하라고 했다가, 그건 아니라고 했다가, 고개를 잠시 떨궜다가 더 마시자고 소리쳤다가, 노래를 흥얼거리다가, 내 어깨를 쳤다. 나는 의자에서 떨어질 뻔했다.

아버지는 연기에 소질이 없었다.

어차피 술자리에 나오는 버스 안에서 답은 정해 뒀다. 아버지의 연기는 상관없었는데.

형은 웃으면서 잔만 비우다가 아버지가 졸기 시작하자 이십 분 뒤 계산을 했다. 나는 아버지를 부축하며 형의 신용 카드가 내는 소리를 들었다. 찌르륵, 찌르륵, 신용 카드 긁히는 소리가 파랑새 울음 같았다.

파랑새를 본 적은 없지만.

문득 궁금했다.

형제가 서로 사랑할 수 있는 가격은 얼마지?

＊

아버지는 다음 날 퇴사했다.

나는 형에게 회사를 되팔았다.

사기꾼은 언제나 가장 가까이 있다. 가족이거나, 친구이거나, 누가 소개해 준 믿을 만하다는 사람이거나. 모르는 사람에게 사기 치는 것보다 가까운 사람이 더 쉬우니까. 가족이거나, 가족인 척을 하거나, 친구인 척을 하거나,

가장 가까이 있어 줄 척을 할 수 있는 사람에게 사기를 쳤다. 가까이 있는 사람이 사기꾼인 줄 알면서도 사기꾼을 내쫓을 수도 없다. 믿을 수는 없지만 우선 옆에 있긴 하니까.

배신은 중독이었다. 내용 없는 위임장은 아무 쓸모가 없었다. 다른 직원들을 배신하고, 서버의 자료를 백업하고, 서버의 자료를 복구할 수 없게 지우고, 나머지를 엉망으로 만들고, 형에게 돈을 받았다. 직원들과의 관계는 다 같이 점심 먹을 때 애매한 천 원을 더 내고, 햄버거를 사다 주는 정도였으니까, 미안할 것도 없었다. 한 번 해본 일이라서 너무 쉬웠다. 어차피 형의 사업을 베꼈고, 형도 누군가의 사업을 베꼈다. 손해를 봤지만 이득도 봤다. 형은 자료를 산 뒤 금방 어딘가에 회사를 처분했다. 자료값이 회사값인데, 형은 적당히 가격을 받아 왔다. 대체할 수 있는 인력은 회사값과 무관하거나 싼값이었다. 일을 할 사람들은 얼마든지 몰려들었다.

형은 계속 회사를 만들었다. 회사를 만드는 것보다 더 빨리 회사를 팔아 치웠다. 나는 발로 뛰었다. 형에게 월급과 인센티브를 받았다. 아이템은 부지런히 교체되었다.

퇴직금을 들고 찾아오는 사람도 꾸준히 있었다. 빠질 때만 잘 알면 만만찮게 벌었다. 손해는 다른 사람들이 봤다. 형은 자신의 말을 믿고 싶어 하는 사람들 앞에서는 선량하고 성실했다.

「자신만의 새로운 길? 아니지. 제일 좋은 건 괜찮아 보이는 걸 아주 잘 베끼는 거야. 대신 티 나지 않게. 빤히 알면서도 뭐라고 못하게. 알겠지, 뽀삐?」

어떻게든 형의 뒤통수를 깔 수 있는 날만 기다렸다. 먼저 꺼내졌다는 이유가 아니었다면 형은 내 인생을 살고 있을지도 모르고 나는 형의 인생을 살고 있을 수도 있다. 아니, 나보다 고작 몇 분 늦게 태어났더라도 형은 형일 수 있다. 가정은 소용이 없거나, 필요가 없거나, 의미가 없다.

가정 대신 기회를 공들여 노렸다.

뒤통수를 칠 기회만 기다리면 된다.

언젠가, 기회는, 온다.

언제라도, 기회는, 온다.

반드시, 온다.

가능하면 엮이고 싶지 않았지만, 계속 엮일 수밖에 없

을 것 같았지만, 마지막 기회는 여전히 남아 있다. 마지막 기회는 유일한 희망이다. 형도 내가 자신을 노리고 있다는 것을 알고 있었다. 나에게는 나를 보고 있는 형이 보였다. 알면서도 형은 웃었다. 형은 알고 있으면서도 궁금해했다. 젓가락을 주며 설득하던, 에프킬라를 쥔, 그때와 같은 표정으로 궁금해했다.

태어나서 한 번도 미안해 본 적 없는 얼굴이었다.

똑같은 유전자를 물려받은 같고 닮은 얼굴이 소주를 마시고 웃었다. 소주를 따라 주면서 물었다. 여전히 읽을 수 없는 한 가지가, 이해가 안 되는 이유가, 꼭 궁금한 게 하나 있었다.

「대답해 줄 것 같아?」

아니, 그럴 줄 알았어. 마음속으로 대답하고 남은 소주를 비우고 일어났다. 뽀삐를 위해 갈비뼈가 담긴 검은 비닐봉지를 들었다. 던지기에 적당한 뼈들이 비닐봉지 속에서 달그락거렸다.

집에 돌아가야 했다.

뽀삐가 기다리고 있다.

" 소설은 누구나 뛰어들 수 있는 공간 "

김학찬

이 이야기는 어떻게 탄생되었나?

거짓 고등학교 때 친구 집에 갔다. 친구가 동생을 불렀는데, 바로 오지 않는다고 따귀를 날렸다. 친구들 사이에서는 법이 무슨 필요가 있겠느냐고 할 만큼 착한 녀석이었는데 한두 번 날려 본 따귀가 아니었다. 나는 부모님께 감사했다. 형이 없어서 다행이라고. 대신 없는 형을 미워하며 「우리집 강아지」를 썼다.

진실 출판사의 연락이 오자마자 온 힘을 다해 썼다. 집필 공간과 체재비와 고양이를 제공한 카이스트 〈엔드리스로드〉 프로그램에 감사드린다.

작가 인터뷰

다른 성격인 것처럼 보이지만, 결국엔 같은 형제인 두 캐릭
터의 대비를 통해 어떤 이야기를 하고 싶었나.

거짓 살다 보면 형들도 생기고, 나를 형이라 부르는 동생들도 생
기고, 그렇게, 형 동생이 자꾸 생긴다. 나는 형들이 너무하다고 생
각하고 동생들은 나를 욕하고…… 하고 싶었던 이야기는, 각박한
현대 사회의 치열한 경쟁 속에서도 사라지지 않는 근본적인 내밀
한 욕망의 추동과 복수를, 가족의 비극과 사회 정치적 현실을 섞
어, 희극적인 문체로 창세기에 버금가는 블록버스터 반전 대서사
시로 전달하는 것이었다.

진실 왈왈(뽀삐).

단편 소설의 장점은 무엇일까? 단편 소설을 쓸 때 본인의 소
설가로서의 능력 중 어떤 장점이 부각되나?

거짓 간결하면서 군더더기 없는 빠른 전개, 기발하며 유쾌한 화
법을 구사하면서도 타인에 대한 은근한 연대감을 가진 진중하고
균형 잡힌 문제의식이 내 소설의 매력이라고 하던데, 단편 소설을
쓸 때에는 특히 군더더기 없이 깔끔한 장점이 잘 나타나는 것 같
다. 물론 긴 소설도 잘 쓸 수 있다.

진실 마감을 반드시 지킬 수 있다. 나는 소설을 쓸 때부터 〈마감〉이라는 특수 능력을 얻었는데, 그 이후로 단 한 번도 마감을 어겨 본 적이 없고, 단편 소설은 마감을 지키는 데 적합하다. 절대 한가해서는 아니다.

소설을 쓸 때 중요하게 생각하는 것이나 본인만의 원칙이 있나?

거짓 쓰는 사람이 재미없으면 쓰지 않는다. 쓰더라도 발표하지 않는다. 불후의 명작 『풀빵이 어때서?』의 인터뷰에서도 〈재미있게, 정말 재미있게, 무조건 재미있게〉라는 원칙을 말한 적 있다. 내가 재미있어도 남들은 재미없다는데, 나부터 재미없으면 어쩌나.

진실 다음은 없다. 이 소설이 늘 마지막 소설이라고 믿고, 쓴다.

〈소설〉은 현시대에 어떤 힘을 지니고 있다고 생각하는지?

거짓 이야기를 다룰 수 있는 놀이 도구는 많지만 어떤 놀이 도구도 소설만큼 인생을 직접적으로, 자본에서 그나마 벗어나서, 마음대로 다룰 수는 없다. 소설은 쓰는 사람이나 읽는 사람이나 상대적으로 돈이 적게 드는 놀이다. 누구나 뛰어들 수 있는 공간이기도 하고.

진실 이 질문 자체가 소설이 이제 힘을 잃었다는 반증이 아닐까.

가장 좋아하는 단편 소설은?

거짓 친애하는 단편들을 뒤로 하고 한 편을 고르려니 잠이 오지 않는다. 처음 발표했던 「매듭」이 가장 훌륭해 보이기도 하고, 「모범택시를 타는 순간」만큼 재미있는 소설도 드물고, 「공공의 이익」은 소수자에 대한 연대를 유머러스하게 그린 단편이다. 뭐? 자기 소설 꼽는 게 아니라고?

진실 진부하지만 어쩔 수 없이 「무진기행」이라고 답할 수밖에. 「무진기행」을 읽지 않았다면 소설을 썼을 리가 없다.

김학찬에게 〈소설〉은 무엇인가?

거짓 좋고, 가치 있고, 사랑하지만, 직업으로 택하고 나니까 어쩐지 갈수록 난감하다. 나만 난감한 게 아니라 주변 사람들도 난감해한다.

진실 늪. 조용하고, 더럽고, 무섭고, 그 안에 뭐가 들었는지 모르고, 깊이와 끝도 알기 어렵고, 없으면 안 되고, 많이 남지는 않았고, 잘못 밟으면 빨려들어 가고, 자신뿐만 아니라 주변까지 삼키고, 한 번 묻은 흙은 마음에 흔적을 남기고, 언젠가는 사라질 것이고.

소설을 쓸 수 없는 상황이 닥친다면 어떤 식으로 〈이야기〉에 대한 욕구를 표현하겠는가?

거짓 소설가들이 모두 투옥되었다는 사실조차 잊힌 어느 예정된 미래. 단지 유명하지 않아 남들보다 오래 살아남은 소설가 K는 인류를 구원하고 싶다며 찾아온 여섯 영웅들에게 나직하게 말한다. 「여기, 자네들이 찾아 헤매던 전설의 소설책이 있다네.」 영웅들 중 막내가 표지를 보더니 말한다. 「형들, 집에 돌아가자. 인류는 망했어.」

진실 잔인하다. 몇 년 쓰지도 못했는데 벌써 은퇴를 당하려나. 내가 손으로 할 줄 아는 일이라고는 밥 먹고 키보드 치는 게 전부인데, 밥도 좀 흘리면서 먹고 오타도 많이 낸다. 소설을 쓸 수 없다면 어쩔 수 없이 다른 〈이야기〉 표현 방법을 처음부터 배우는 수밖에. 그리고 다시 시작하겠지.

작가 인터뷰

이야기를 쓸 때 상상했던 이미지와 권신홍의 그림은 어떻게 같고 어떻게 다른가?

거짓 소설의 첫 번째 해석자에게 감사한다. 역시 소설은 소설가에게, 일러스트는 일러스트레이터에게. 형이 개새끼가 되는 모습을 상상해 봤고, 뽀삐는 귀여운 강아지라고 생각했는데, 조금 더 지저분하고 조금 더 제정신이 아니라서 좋았다.

진실 일러스트를 받고 내 소설이 제정신이 아닌가 싶어서 다시 읽었다.

그림 작품이 소설의 계기가 된 적이 있나? 같이 일해 보고 싶은 일러스트레이터나 화가가 있다면?

거짓 계기는 많은데, 어떻게 그림에서 이야기의 혼을 뽑아낼지 고민이다. 뭔가 쑥 빼내서 내 것으로 삼고 싶은 작품들은 많다. 글에서 그림을 뽑아내는 분들을 마음 놓고 존경한다.

진실 김형균. 작년 『굿 이브닝, 펭귄』의 작업물을 보고, 충격과 경외를 느끼며 만났다. 은퇴를 당하지 않는다면 언젠가 꼭 다시 작업을 하자는 약속과 함께 헤어졌는데, 오겡키데스카.

이 소설을 커피에 비유한다면?

거짓 제대로 된 공정 무역을 통해 원두가 수출되는 덕분에 걱정을 던 농부가, 하루 일을 마치고 돌아오는 길에 드디어 커피 품평회에서 농장의 커피가 〈컵 오브 엑설런스 Cup of Excellence〉를 받았다는 소식을 듣고, 집에서 조용히 눈물을 흘리며 모카포트로 뽑아낸, 그날의 피로는 그날에 푸는 에스프레소 두 잔.

진실 맥심모카골드. 어느 휴게실에나 비치되어 있고, 누구나 제 손으로 쉽게 타서 마실 수 있고, 일할 수 있는 힘이 되어 주고, 누군가에는 밥이기도 하고, 단순해 보이지만 쉽게 따라할 수 없는 커피와 프림과 설탕의 황금 비율은 얼마나 아름다운가. 이런, 비유가 아니라 바람인가.

보통은 노인을 등장시켜 인물을 중심으로 이야기를 만들듯 그림을 그린다. 주로 어디서 그림의 소재나 주제를 얻는지. 보이지 않는 빛이 머물다 간 시간, 머물고 있는 시간의 빛에 대한 이야기를 〈노인〉에 담고 있고, 무수한 빛과 어둠이 자리했던 공간, 장소, 사물에 대한 이야기, 함께 살아가는 반려자(동물)에 대한 이야기 등을 나의 정체성과 함께 지속적으로 발전시키고 있다. 내 작업은 내 정체성과 마찬가지로 한글과 연관성이 깊다. 주로 〈영감〉님께 〈영감〉받는다는 말을 예전부터 즐겨 한다. 한글은 참 매력적이다.

문학 작품을 읽으면서도 영감을 얻는지 궁금하다. 그렇다면
최근에는 어떤 작품이었나?

문학 작품은 분명 나의 작업에 근간이 되었으리라 생각한다. 좋아
하는 문학 작품들은 한 해 혹은 몇 해를 두고 다시 읽는다. 롤랑 바
르트의 「사랑의 단상」, 파트리크 쥐스킨트의 「깊이에의 강요」, 존
버거의 「다른 방식으로 보기」, 신형철의 「정확한 사랑의 실험」,
레프 톨스토이의 「사람은 무엇으로 사는가」, 프란츠 카프카, 알베
르 카뮈, 무라카미 하루키의 잡문집을 비롯한 많은 문인들의 작품
들이 있는데 해마다 느껴지는 감흥이 다르다. 저 작품들을 얼마만
큼 깊고 풍요롭게 느낄 것인지는 나 자체가 얼마나 견고해지느냐
에 따라 크게 달라질 것을 알기에 나이를 먹을수록 삶을 살아간다
는 것이 어렵기만 하다. 자주, 문득 오시는 〈영감〉님 덕분에 문학
작품 한 편을 고르기는 어렵고, 최근에는 김민정, 오은, 박준 시인
의 시집(책 표지가 분홍, 주황, 갈색)을 또 다시 읽고 있다. 표지가
간결하고 색감이 예뻐서 자꾸만 손이 가는데다가 읽으면 읽을수
록 새롭다. 매번 호흡도 다르고.

이 소설에 등장하는 각각의 캐릭터에서 받은 인상은 어땠나?

그리고 소설을 읽고 가장 먼저 떠오른 이미지는?

각각의 캐릭터에서 받은 인상을 가지고 작업하는 것은 자칫 해석의 왜곡이 있을 수도 있겠다 싶어 캐릭터들을 유기적으로 연결하여 간결하게 드러내는 데 중점을 두었다. 〈개〉라는 생명체는 나에게 귀엽고 사랑스러운 존재인데 가끔 싫어하거나 증오하는 존재에게 〈개새끼〉라는 욕을 사용할 때가 있다. 그 단어를 뱉고 나선 늘 후회한다. 그 욕만큼은 쓰지 않으려고 노력한다. 앞으로도 쓰지 않겠노라고 다짐했다. 거짓 없는 맑은 눈으로 나를 반기며 꼬리가 떨어지도록 온 힘을 다해 반가움을 표현하는 〈우리집 강아지〉를 떠올리며.

이 작업을 하며 글과는 다른 그림이라는 매체의 어떤 점을 부각시켰나?

본능적이고 직관적인 언어를 구사하는 회화의 기본 특성을 늘 염두에 두었다.

그림 모두에서 글자가 보인다. 영문이나 한자를 사용했는데, 모두 경쾌하고 코믹한 느낌을 준다. 그림에서 글자를 사용하

글자는 곡해의 여지가 많지 않은 보편적 조형 매체라고 생각한다. 그림을 통해 느껴 볼 수 있는 감정, 상상, 해석 등은 지극히 개인적인 것으로 열어 두되 글자가 고유하게 갖고 있는 의미는 그림이 줄 수 있는 오해의 간극을 줄여 줄 수 있을 것이라 생각했다.

소설과 같은 비중으로 그림을 수록한다는 이야기를 들었을 때 어떤 점이 좋았고, 어떤 점이 걱정스러웠는가?

걱정은 시작한 순간부터 커지기 때문에 애초에 하지 않으려 했고 작업할 때 염두에 둔 점은 나만의 언어로 얘기하되 〈보편성과 객관성을 잃지 않으려 노력할 것〉이었다.

좋아하는 단편 소설은?

누군가를 사랑하기 전, 누군가와 사랑을 하면서 그리고 누군가를 열렬히 사랑한 후에 읽은 롤랑 바르트의 「사랑의 단상」, 나의 삶을 마주하며 읽은 파트리크 쥐스킨트의 「깊이에의 강요」.

동서고금 막론하고 같이 일해 보고 싶은 작가가 있다면?

10대에 몰래한 짝사랑 같은 소설가 베르나르 베르베르Bernard Werber, 20대에 해보는 첫사랑 같은 문학 평론가 신형철, 그래도 다시 하고 싶은 30대의 사랑 같은 시인 김민정.

김학찬

장편 소설 『풀빵이 어때서?』로 제6회 창비장편소설상을 받았다. 장편 소설 『굿 이브닝, 펭귄』, 『상큼하진 않지만』이 있고 그 외 『중독의 농도』, 『내일의 무게』 등의 작품집에 참여했다. 최명희청년문학상, 전태일문학상을 받았다.

권신홍

작가로서 그림을 그리며 다양한 전시를 기획하고, 참여하고 있다. 개인전 『보이지 않는 빛: 빛이 머무는 시간과 공간』, 『IN THE WHITE』를 가졌다.

TAKEOUT 03
우리집 강아지

글 김학찬 **그림** 권신홍 **발행인** 홍유진 **발행처** 미메시스
주소 경기도 파주시 문발로 314 파주출판도시
대표전화 031-955-4400 **팩스** 031-955-4404
홈페이지 www.mimesisart.co.kr **email** info@mimesisart.co.kr

Copyright (C) 김학찬, Illustration Copyright (C) 권신홍, 2018, Printed in Korea.
ISBN 979-11-5535-133-8 04810 979-11-5535-130-7 (세트)
발행일 2018년 6월 1일 초판 1쇄

이 도서의 국립중앙도서관 출판예정도서목록(CIP)은 서지정보유통지원시스템 홈페이지
(http://seoji.nl.go.kr)와 국가자료공동목록시스템(http://www.nl.go.kr/kolisnet)에서
이용하실 수 있습니다.(CIP제어번호: CIP2018015716)

이 책은 실로 꿰매어 제본하는 정통적인 사철 방식으로 만들어졌습니다.
사철 방식으로 제본된 책은 오랫동안 보관해도 손상되지 않습니다.

테이크아웃은
단편 소설과 일러스트를 함께 소개하는
미메시스의 문학 시리즈입니다.

.
.
.